Otto Ernst Hesse · Begegnungen mit Kant

Otto Ernst Hesse

Begegnungen mit Kant

Vier Novellen um den Philosophen

Gräfe und Unzer Verlag
München

Neuausgabe der 1928 unter dem Titel
»Symphonie des Greisenalters« erschienenen Novellen

Druck des Textes und des Überzuges: Georg Wagner, Nördlingen
Bindung: Großbuchbinderei Monheim (Schwaben)
ISBN 3-7742-2413-7

INHALT

Der Hahn

Anderthalb Meter Mann, die rechte Schulter ein wenig schief, schmal und dürftig im Fleisch, vom Leben schon über die Vierzig hinausgetrieben, hing über dem Schreibtischchen, das vor dem Mansardenfenster des Löbenichtschen Rathauses in Königsberg stand. Ein halblauer Aprilmorgen, friedlich nach sieben Jahren europäischen Krieges, aus dem ein junger König als gichtiger Greis heimgekehrt war, wechselte mit Licht und Wolken über dem Garten, der noch im späten Winterschlaf des ostdeutschen Landes lag. Nur ein Hahn im Hof des Nachbarhauses schien den kommenden Frühling zu ahnen. Er krähte.

Der kleine Magister warf zornig den Federkiel auf das Bütten, dem er mit seiner zierlichen Schrift eine seiner kunstvollen Perioden aufzwingen wollte. „Lampe!" schrie er, und eine Wut, wie man sie diesem Zwerglein von Mensch nicht zugetraut hätte, wischte die Falten des Grübelns aus seiner Stirn, die das fast kinnlose Gesicht weiß beherrschte. „Lampe!" schrie er und rannte, als der Diener nicht erschien, mit fliegendem Haarbeutel zur Tür. „Lampe!"

Mit der stoischen Ruhe des alten Infanteristen, der sieben Jahre auf österreichische weiße Hosen und Kosakenpferde geschossen hatte, stieg Lampe, der Diener, die steile Treppe empor. „Was wünschen der Herr Magister?"

„Der Hahn!" schrie dieser mit unmelodiöser Stimme. „Hör' er den Hahn! . . . Dies Federvieh bringt mich noch zur Raserei! . . . Ich kann keinen Gedanken fassen! . . . Ich kriege niemals diesen Brief an den Herrn Lambert fertig, wenn dieses Krähen nicht beseitigt wird!"

Kikeriki! Kikeriki! klang es aus der Tiefe des Nebenhofes.

„Es scheint Frühling werden zu wollen", bemerkte Lampe und schob dem aufgeregten Magister den Haarbeutel in die Mitte des Rückens, wo er selten zu hängen kam.

„Laß er seine Bemerkungen!“ schnob der kleine schiefe Mann. „Ich fragte ihn nicht nach dem zureichenden Grunde besagter Kräherei!“

Lampe war unbeirrbar. „Der Hahn ist ein wichtiges Tier“, replizierte er. „Euer Gnaden werden sich aus der Naturgeschichte erinnern, daß ein Hühnerhof ohne Hahn — — —“

„Der Monsieur soll seine unvermeidliche Pflicht tun“, schnitt ihm sein Herr die Belehrung ab, „soll aber das Geschrei darob unterlassen!“

Kikeriki! Kikeriki! tönte es schmetternd.

Kant fuhr mit beiden Händen zu den Ohren. Lampe sah besorgt durch das Fenster nach dem Himmel. „Es wird regnen. Euer Gnaden nachmittäglicher Spaziergang — — —“

Kant lauschte. „Geh' er hinüber und ersuche er den Herrn Nachbar, sein Viehzeug zur Vernunft zu bringen“, hob er alle Weiterungen auf. Lampe zögerte. Er hatte diesen Gang schon des öfteren umsonst getan und kannte die Aussichtslosigkeit solcher Intervenierung. Er kratzte sich respektlos hinter dem Ohr.

„Was ist ihm? . . . Warum gehorcht er nicht?“ ereiferte sich der Magister, der immer noch nicht Professor geworden war. Und als ein neues Geschrei des aufgeregten Tieres an die Fensterscheibe schmetterte, schnob er in hilfloser Wut: „Ich ermorde ihn! Ich werde mir ein Feuerrohr kaufen! Hat er seines noch auf dem Boden? Putze er es sauber! Wenn er nicht soviel Pflichtgefühl hat, mich vor den Perturbationen der Umwelt zu schützen . . .“

„Und der Hahn krähte zum dritten Male“, murmelte Lampe in sich hinein und ging, die Türe vorsichtig hinter sich zuziehend.

Kant beruhigte sein Gemüt mit ein paar Gängen durch den schmalen Raum der Mansarde und stellte ärgerlich fest, daß die Aufregung seine empfindliche Nase wieder in eine überflüssige Unordnung gebracht hatte.

Während er mit einem der eleganten Tücher, die er sich leistete, das Unglück seiner reizsamen Drüsen dröhnend reparierte, saß Lampe bekümmert auf der obersten Stufe der Treppe vor der Mansardentür und überlegte, wie dieses durchaus unphilosophische Problem zu lösen sei. Der Nachbar hatte sich bereits mehrere Male jede Einmischung in die Naturfunktionen seines Hühnerhofes verbeten. Ein neuer Versuch, bei ihm vorstellig zu werden, endete diesmal bestimmt mit einem groben Hinauswurf. Der Krieg war vorüber; Lampe fühlte kein Bedürfnis nach Schlacht und Kampf. Er dachte angestrengt nach, seinem Herrn auf friedlichere Weise gerecht zu werden.

Der Hahn hatte mittlerweile eine andere Beschäftigung gefunden und schwieg, so daß Lampe Muße und Ruhe zu geistiger Betätigung blieb. Sie war nicht umsonst. Nach einer kleinen halben Stunde ging ein sanftes Lächeln über sein sonst feierlich gefaltetes Dienerantlitz. Er erhob sich verschmitzt, glitt lautlos am Treppengeländer abwärts und polterte dann absichtsvoll laut die Stufen wieder aufwärts.

Kant fuhr an seinem Tische auf, als Lampe scharrend eintrat. „Nun? Was hat er erreicht?“ erinnerte er sich sehr rasch, entgegen seiner sonstigen Gewohnheit, des Auftrags, den er gegeben hatte.

„Euer Gnaden möchten den Hahn käuflich erstehen, läßt der Nachbar sagen.“

Der Magister warf sich in den Sessel zurück. „Käuflich erstehen? . . . Ja, soll ich das Viehzeug hier im Zimmer halten und zähmen? . . .“

Lampe blieb ernst. „Wir können ihn braten.“

Ein Schein von Glück fuhr über des Magisters unproportioniertes Gesicht. Lampe hatte ihn an der empfindsamsten Stelle seiner Vitalität getroffen; er aß gern und gern gut.

„Die Idee ist passabel“, schmeckte der kleine Mann mit feuchten Lippen. Nicht nur die Nasendrüsen kamen bei ihm rasch in Fluß und Überfluß. „Was fordert der Mann?“ Und er ging zum Schrank und holte aus der wohlverschlossenen Lade die drei Groschen, die Lampe als Preis nannte. „Erledige er die Kommission sofort! Und lade er zu heute abend den Herrn von Hippel und den Herrn Scheffner! Und laß er die Köchin meinen Todfeind fein säuberlich mit einer guten

Rahmsauce bereiten. Dazu trinken wir von dem Rüdesheimer anni 1747." Und mit gewohnter Gewandtheit setzte er das Menü zusammen, das Lampe, der ebenso wie die Köchin nicht lesen konnte, mehrere Male aufsagen mußte, bis jegliche Gefahr der Verwirrung in Art und Folge ausgeschlossen war.

Während sich Lampe schweigend drückte, knatterten ein paar neue Schreie des vorfrühlingshaft trunkenen Federgesellen gegen die Scheiben. „Krähe du nur!" dachte der kleine Magister. „Krähe du nur! In zehn Minuten wirst du nicht mehr stören!" Und erleichterten Herzens, wie er war, griff er erneut zum Kiel, die schöne Periode ohne Schwierigkeit zu Ende bringend, in deren Kurve Lampe hineingetrampelt war.

Als er sich nach vier Stunden erhob, sich zu seiner Vorlesung zu rüsten, fiel ihm der Hahn wieder ein. Oh! welch diffizile Stille! Welche Ruhe seit Stunden! Kein einziges Krähen hatte sein Nachdenken gestört. Mit einigem bestialischen Behagen dachte er daran, daß sein Feind bereits in gerupfter Nacktheit auf dem Wege in die Pfanne war. Vergnügt wanderte er in das Kolleg und las mit besonders gelungener Skepsis und Bonhomie einige Seiten Merkwürdigkeiten aus jenem Heft, das sich Anthropologie nannte und in dem er zusammengestellt hatte, was jungen Menschen über Natur, Seele und Technik des menschlichen Zusammenlebens zu wissen von Vorteil sein mußte.

Lampe indessen hatte seine Mühe gehabt, auf dem Markte einen Hahn aufzutreiben, dessen Stattlichkeit und Fettigkeit es wahrscheinlich machen konnten, der Urheber des großen nachbarlichen Geschreis gewesen zu sein. Er fand das gewünschte Exemplar, indem er aus eigener Tasche einen halben Groschen zulegte, und trottete mit nicht ganz leichtem Gewissen über den fraglichen Ausweg, den er gefunden hatte, sorgenvoll im einsetzenden Frühlingsregen heim, nachdem er noch die beiden Freunde des Herrn Magisters zu dem opulenten Hahnenschmaus geladen hatte.

Diese, stets gern bereit, die heitere Gastlichkeit des eßfreudigen

Die Figur Immanuel Kants, wie er für seine Tischgenossen den Senf zubereitet, gezeichnet von dem Bildhauer Hagemann, zur Zeit er dessen Büste modellierte im Jahre 1801.

Magisters in Anspruch zu nehmen, fanden sich pünktlich um acht Uhr im Löbenicht ein. Ein leckerer Bratenduft durchzog das enge Stockwerk, und die Verstaubtheit der Bouteillen auf dem Tisch hätte ihnen schon gezeigt, daß dieser Abend besonderen Anlaß haben mußte, wenn nicht Kant, nachdem sich die drei bequem um den ovalen Tisch gruppiert hatten, zu einer Rede aufgestanden wäre.

„Lieben Freunde“, so perorierte er die einigermaßen Verdutzten, „lieben Freunde, ein Tag der Freude bewegte mich, Sie zu mir zu laden. Ein Feind, der mich seit Wochen heftig bekriegt hat, unzugänglich jeglicher Humanität und naturrechtlicher Vereinbarung, ist blutig geschlagen worden.“ Er machte eine kunstvolle Pause. Scheffner und Hippel begannen zu lächeln.

„Der Hahn“, holte der vielbelesene Magister pathetisch aus, „ist ein Tier, das in der Geschichte der Menschheit eine nicht unwichtige, ja symbolhafte Rolle gespielt hat. Lehnen wir auch den Offenbarungsglauben als wider die Vernunftzwänge gehend ab, so wollen wir uns der empirischen Tatsache nicht verschließen, daß es ein Hahn war, der jenem Jünger Petrus zum Anstoß ward, das in sich zu produzieren, was wir als das böse Gewissen zu bezeichnen uns seit langem gewöhnt haben. Ergreifender allerdings noch dünkt mich das Gedächtnis des weisen Sokrates, der sterbend seine Freunde bat, ihm nach seinem freiwillig-unfreiwilligen Ableben einen Hahn zu opfern.

Erschrecken Sie nicht, lieben Freunde! Dieses Stüblein ist kein athenisches Gefängnis, und ich will keineswegs den Giftbecher trinken, vielmehr mit Ihnen zu guter Gesundheit diesen edlen Wein von Rüdesheim in mich füllen, in der Hoffnung, noch recht lange zu Nutz und Frommen der Gelehrtenwelt meine bescheidenen Ideen vortragen zu dürfen. Ich bitte Sie aber, auch mir, dem zwar nicht Toten oder auch nur Moribunden, vielmehr seit heute mittag froher denn je Lebenden, ein Hahnenopfer zu bringen.

Dort unten“ — und er wies mit großer Geste durch das Fenster zum Nachbargrundstück hin — „dort unten wohnte, hauste und krähte er. Störte meine Ruhe und Arbeitskraft, tagtäglich mehr, so daß meine gesamte Ideenwelt ihre zwar nicht prästabilisierte, aber doch immer wieder zu stabilisierende Harmonie zu verlieren drohte. Dem diplomatischen Geschick des alten Kriegers Lampe" — der zuckte, eben die Schüssel mit dem Pseudohahn hereintragend, zusammen und segnete die Einrichtung des Himmels, daß Hähne mit Untergang der Sonne ihre Stange aufzusuchen pflegen — „ist es gelungen, den Störenfried meines denkerischen Ruhebedürfnisses käuflich zu erwerben. Ich bin ehrlich genug, es einzugestehen: ich fühle eine fast kannibalische Genugtuung, dich" — und damit tippte er mit siegerischem Zeigefinger dem bräunlich schimmernden und knusprig duftenden Vertreter des wirklichen Störenfriedes auf die Stelle, an welcher der schmetternde Klang seiner Stimme zu entstehen pflegte — „dich in diesem für dich traurigen Zustand vor mir zu sehen. Aber tröste dich, du nun nicht mehr mein Feind! Du wirst besser in mein Blut eingehen als bisher. Aufgelöst in feinste Atome, wirst du mein Hirn speisen und nähren, dem du so oft unnütz und frevelhaft Kräfte zerstört hast. Nie mehr wirst du krähenderweise — — —"

Und da geschah das von Lampe nicht Vorausgesehene. Der Nachbar hatte des Abends ein Gerät im Garten liegen lassen. Mit einer Laterne versehen, suchte er es. Der Hahn fuhr aus dem Schlaf, hielt die Laterne für die aufgehende Sonne, eine Sinnestäuschung, die man der Trunkenheit seines ersten und bekanntlich tiefsten Schlummers zugute rechnen muß, und krähte. Krähte kräftig und morgenfreudig, krähte schmetternd und setzte sein Bemühen, die Welt von einem neuen Tage zu überzeugen, um so heftiger fort, als sein Hühnervolk, mit besserem apriorischen Zeitgefühl ausgerüstet als er, keineswegs daran dachte, eine Stallaterne für die aufgehende Sonne zu halten.

Dem kleinen Magister blieb das Wort im Halse stecken. Hippel und

Scheffner sahen erstaunt von dem Redner auf den Hahn, von dem Hahn auf Lampe, von Lampe auf das Fenster.

„Lampe“, hauchte Kant, der sich gefaßt hatte, „Lampe, was bedeutet das?“

Lampe stellte zögernd die Schüssel mit dem Stellvertreter auf den Tisch. Er zitterte leicht und dachte an die Schlacht von Kunersdorf, bei der er wie nie vorher in seinem Leben das Fliehen gelernt hatte.

„Der Nachbar hat sich, scheint's, bereits einen neuen Hahn gekauft“, versuchte Scheffner die verlorene Lage des Dieners zu retten.

Aber Kant war nicht gesonnen, diesen Streich ungerochen über sich ergehen zu lassen. „Sehen Sie sich ihn an, den Monsieur“, inkriminierte er. „So sieht das leibhaftige böse Gewissen aus. So sah jener Petrus aus, damals, als der Hahn in Jerusalem krähte. Lampe, er hat mich betrügen wollen! Lampe, ich bin völlig konsterniert! Lampe, was ist das für ein Tier hier?!“

Lampe raffte sich zusammen; er hatte gefährlichere Stunden des Lebens hinter sich gebracht. „Halten zu Gnaden: es ist ein Hahn.“ Er wagte leise zu lächeln. „Ich kaufte ihn auf dem Markte.“

„So hat er einen frivolen Scherz mit mir treiben wollen?!“ drohte der Magister, den nur die Rücksicht auf seine Gäste in Schranken hielt.

„Halten zu Gnaden — nein! ... Ich wollte Euer Gnaden nur helfen.“ Er stand stramm wie bei einem Appell vorm alten König selbst.

Kant zuckte die schiefen Schultern. Hippel mischte sich ein. „Red' er offen, Lampe!“

Lampe sah ihn dankbar an. „Der Nachbar ist unbelehrbar, Ihr Herren. Er hält seinen Hühnerhof für wichtiger als die Buchschreibereien des Herrn Magisters. Ich kenne den Herrn Magister — halten zu Gnaden! ... Ich dachte mir, der Herr Magister wird das Krähen nicht mehr hören, wenn er glaubt, den Kräherich verspeist zu haben — halten zu Gnaden ...“

Scheffner lachte. Hippel sagte milde: „Schau' an, er ist ein Psychologus! Muß sich aber nicht gerade seinen Herrn zu seinen Experimenten aussuchen!“

Lampe fühlte Wohlwollen. „Ich wollte dem Herrn Magister doch nur helfen“, suchte er seine Position zu verbessern, „weil es doch nicht anders ging.“ Er löste seine militärische Haltung versuchsweise und schielte nach Kant hin.

Der war in ein Nachdenken versunken. Hippel und Scheffner sahen sich an und schwiegen. Lampe wischte sich den Schweiß mit dem Ärmel von der Stirn. Als der Magister immer noch nichts sagte, winkte Hippel Lampe zu, er möge verschwinden.

Lampe zog sich auf Zehenspitzen zur Tür zurück. Als die Türklinke unter seiner Hand ein Geräusch gab, fuhr Kant auf. „Halt!“ sagte er, aber es war kein Zorn mehr in seiner Stimme. „Sag' er, Lampe, wo war jener“ — und er deutete in den Garten hinab — „wo war jener den Tag über?“

„Im Hof — wie immer, Euer Gnaden!“

„Sag' er: hat er denn nicht gekräht?“

„Immerfort!“ Und er setzte mit dem Wissen des in diesen Dingen Erfahreneren aufklärend hinzu: „Bei diesem Wetter . . .“

Kant wandte sich seinen Freunden zu. „Seltsam! . . . Höchst seltsam! . . . Ich habe es in der Tat nicht gehört. Das heißt: ich hätte es hören müssen. Aber ich habe es nicht apperzipiert . . .“ Und er versank erneut in sich selbst.

Lampe erkannte, daß dies ein günstiger Moment war, aus dem Zimmer zu entkommen. Hippel griff zu dem Tranchiermesser und begann den unglücklichen Stellvertreter zu zerlegen, während Scheffner nach alter Studentenweise die erste Bouteille köpfte.

Aber erst als der Duft des Rüdesheimer aus den Römern stieg, kam der kleine Magister zu sich und seinen Gästen zurück. Lächelnd ergriff er sein Glas. „Lieben Freunde“, sprach er, ein wenig feierlicher, als er es sonst zu tun pflegte, „lieben Freunde, neben Petrus und Sokrates mache ich wohl nun eine etwas unglückselige Figur. Seien wir weise, wie wir werden sollen, und ziehen wir den Schluß, der sich auch aus diesem Ereignis ziehen läßt. Mein federbehafteter Feind da unten, mein federbehafteter Freund da unten, hält eine Stallaterne für die Sonne. Ich hielt etwas, was war, für etwas, was nicht war. Lieben Freunde, welch trauriger und hilfloser Apparat ist doch die so viel gepriesene Welt unserer Sinneswerkzeuge. Ich glaube, man muß darüber einmal gründlich nachdenken."

Als er wieder in sich zurückzufallen drohte und, das Glas in seiner Hand, nachsinnend stehen blieb, drängte Hippel das seinige mit zartem Klirren an das des Hausherrn. „Aber doch nicht jetzt", lächelte er ihn an.

„Nein, nicht jetzt!" Kant strich sich über die Stirn, als scheuchte er eine drohende Wolke davon, und hob den Wein gegen die Freunde. „Das wird wohl ein wenig länger dauern als einen Abend."

Der Abschied

Dies war der Mai des Jahres 1794, der den Frühling übersprang und einen frühen Sommer auf das Samland schüttete.

Im Hause des Predigers Wasianski auf den Hufen vor dem Steindammer Tor, ein halbes Wanderstündchen von der Stadt, rüstete man zu einer Hochzeit. Die Hausfrau, als wäre sie selbst die glückliche Brautmutter, fuhr mit den Mägden treppauf, treppab, aus dem Garten in die Zimmer, aus den Zimmern in die Ställe, aus den Ställen in den Hof. Schwere Kuchenbleche schwankten in starken Armen vom Backofen in die Küche, die Metzgerburschen trugen Kufen von Fleisch aus der Stadt herbei, und der Prediger selbst, ein kräftiger Mann in guten Jahren, saß vor einem Fäßchen spanischen Roten und füllte den duftenden Wein aus Süden in Karaffen und Gläser.

Ulrike, der Freundin der Tochter des Hauses, galten die festlichen Zurichtungen. Die Wohnung ihrer Eltern, bescheidener Kleinbürgersleute, war zu eng, um die Hochzeitsgäste aufzunehmen, die der Bräutigam, ein junger höherer Beamter der Stadtverwaltung, einzuladen für Pflicht und Recht gehalten hatte. Der Prediger und seine Frau, die an Ulrike wie an ihrem eigenen Kinde hingen, hatten gern ihr weitläufiges Haus zur Verfügung gestellt, nicht ohne Stolz, da Ulrike zu einer Ehe kam, welche die Erwartungen nicht nur ihrer Mädchenträume weit überstieg.

Der elegante, aber dabei durchaus ernsthafte und allseitig geschätzte junge Bräutigam, der aus vornehmem Hause stammte, hatte alle Hindernisse, die sich dieser Verbindung mit dem Kleinbürgersproß entgegengestellt hatten, unschwer überwunden. Die Bürgerschaft der nicht großen Stadt, in der alle menschlichen Beziehungen sich in der Öffentlichkeit vollzogen, brachte dem Mädchen eine Verehrung entgegen, die solchem eigentlich durch nichts als die blonde Frische ihres Mädchentums ausgezeichneten Geschöpf zu zollen ungewöhnlich genannt werden mußte.

Diese Ausnahmestellung Ulrikes konnte nicht nur auf den Zauber der liebenswürdigen Neunzehnjährigen zurückgeführt werden. Der Grund der heimlichen Verehrung, die um Ulrike schwang, war kein anderer als Immanuel Kant, der nun längst ein Siebziger war und sein Hagestolzentum durch eine nicht unbeachtet gebliebene Neigung zu dem jungen Mädchen durchbrochen hatte.

Der Greis, nur selten noch die Burg seines Studierzimmers verlassend, legte bei den ihm lieben Besuchen im Hause des Predigers, der ihm seine Geschäfte führen half, ohne viel Scheu Wert auf die Anwesenheit dieses Mädchens. Gern erging er sich, mit dem zierlichen Wesen plaudernd, im Garten des Pfarrhauses oder noch lieber ein paar Schritte weiter in den Anlagen, die sein Freund Hippel in einer kleinen Schlucht am Pojentershof geschaffen hatte. Nachdem einmal die leise Verstimmung des Alten bemerkt worden war, als Ulrike eines Tages bei einem seiner angesagten Besuche nicht bei der Freundin weilte, sorgte man aufs dringlichste dafür, daß ihre Anwesenheit mit der des großen Philosophen zusammentraf.

Das große Wunder geschah. Kant, der seit Jahren an größeren Feierlichkeiten teilzunehmen nicht mehr bewogen werden konnte, hatte seine Beteiligung an dem Hochzeitsfeste in Aussicht gestellt, sofern seine labile Gesundheit und die Witterung einen Exzeß aus der Gewohnheit des Alters zuließen. Die gesamte Bürgerschaft besprach mit bösen und guten Zungen das Ereignis. Und es waren genug Neugierige erschienen, um, wie das herrliche Wetter es erwarten ließ, den selten gewordenen Weisen abfangen zu können.

Sie machten runde Augen, als nachmittags drei Uhr die Kalesche den großen Mitbürger zum Steindammer Tor hinausrollte. Denn der alte verschworene Junggeselle hielt eigenhändig einen großen Strauß

Rosen auf dem Schoß, den Lampe, der, selbst nun ein alter Mann, mit ernsthafter Miene auf dem Kutschbock thronte, nicht ohne Mühe aus Stuben und Gewächshäusern zusammengebracht hatte. Der Greis, sonst bei seinen Ausfahrten die Ideen weiterspinnend, die sein unermüdlicher Geist am Schreibtisch aufgespult hatte, schien alle Schwere der Gedanken hinter seiner Haustür abgestellt zu haben, so sehr gab er sich der Milde der Sonne und dem Duft der Wiesen auf der Wallbreite hin.

Die kirchlichen Zeremonien der Trauung waren bereits beendet; man hatte den Alten damit verschont, da man wußte, daß er Erhöhungen des Gefühls nicht liebte, und man ihm eine Konfrontation mit dem lieben Gott ersparen wollte, den er zu heftigem Ärgernis mancher naiven Seele ein regulatives Prinzip zu nennen sich nicht gescheut hatte, ja nicht einmal für ein Wesen außer sich, sondern bloß für eine Idee in sich zu halten pflegte.

So stand denn die ansehnliche Festgesellschaft im Garten des Pfarrhauses, die Düfte einschnuppernd, die aus der Küche kamen, auf das Zeichen wartend, das den heiteren Teil der Hochzeit einleiten sollte. Als die Kalesche in den Hof einratterte, hoben, ehe noch Lampe, ein wenig steif schon, vom Bock herabgeklettert war, hilfreiche Hände das kleine Menschlein mit dem großen Schädel, der viel zu schwer für den dürftigen Körper zu sein schien, aus seinen Decken und aus dem Wagen. Wasianski leitete den Ehrengast liebevoll und sorgend in das sonnige Eckzimmer, wo das junge Paar die Glückwünsche des Greises entgegennahm. Während schon die singende Stimme der masurischen Magd die Gäste zum Mahle rief, überreichte der Alte, mühevoll sich aus seiner Winzigkeit aufreckend, der Braut den schweren Strauß, den er nicht aus der Hand gelassen hatte, und sprach mit gewählten Worten, sichtlich gerührt, dem Bräutigam seine Wünsche aus, während Lampe, der in alter Gewohnheit nicht von der Seite seines Herrn wich, bedenklich dreinschaute, da er es für seine Pflicht hielt, alle Emotionen von der Seele seines Herrn fernzuhalten.

Das Hochzeitsmahl war reich und trefflich. Man hatte keine Gründe gehabt, zu knausern. Der Spanische lockerte die Geister und die Herzen. Den feierlichen, würdigen, mit Bibelzitaten reichlich gespickten Trinksprüchen folgten rasch die fröhlicheren, anspruchsloseren und humorvollen, die, bald voll von nicht underben, kräftig belachten Anspielungen, bewiesen, daß auch hier im kühleren Norden unter dem braven Firniß der christlichen Gesittung die Sinnlichkeit der menschlichen Natur keineswegs verneint wurde. Den Gästen wurde es heimischer. Sie bemerkten den schweigsamen, dem Brautpaar gegenübersitzenden Ehrengast, um dessentwillen der Anfang der Gasterei ein wenig steif verlaufen war, erst wieder, als er zum Schluß des Mahles, da schon Rahm und Sahne das Menü regierten, mit dem Messer an sein Glas schlug.

Alle Augen hängten sich erwartungsvoll an ihn, als Lampe den Lehnstuhl auf seinen Wink zurückschob, daß sich der kleine Körper erheben konnte. Von seinen Lippen kamen Verse. Er rezitierte. Er rezitierte ein Gedicht, in dem der zureichende Grund ausgeführt wurde, daß niemand heiraten müsse. Man kannte dieses Poem. Es war alt. Fast so alt wie der, der es jetzt sprach, aus einem Gedächtnis heraus, das erstaunlich genannt werden mußte. Mit einer nicht uneleganten Wendung sich zu dem Brautpaar neigend, schloß er:

Der weise Mensch darf einsam sein,
Wie es schon mancher Weise war.
Die Regel bleibt: man muß nicht frein.
Doch: excipe solch würdig Paar!

Darauf leerte er, in die Augen der Braut blickend, sein Glas, stellte es ein wenig hart auf den Tisch, wandte sich — Lampe riß den Lehnstuhl vollends beiseite —, wanderte um die Tafel herum, schritt auf Ulrike zu, die sich, unsicher, erhob, reichte ihr den Arm und verließ mit ihr — Lampe natürlich hinterdrein — die Gesellschaft, die schweigend zurückblieb.

Religion ist Erkenntniß aller Pflichten als göttlicher Gebote

Immanuel Kant

Im Tafelaufheben vergaß man rasch den Vorfall. Der Bräutigam, von allerlei Geschäften und Verpflichtungen in Anspruch genommen, war im Grunde froh, sein junges Eheweib in so würdiger Gesellschaft geborgen zu wissen, da die dalbernde Jugend schon Anstalten traf, die Derbheit der Reden in die entsprechenden Hochzeitsbräuche umzusetzen.

Ulrike, blond und liebreizender als je, ließ sich von dem Arm des spärlichen Greises, den sie um Haupteslänge überragte, über die Straße fort hinüber zum Pojentershof führen. Noch niemals war sie diesen Weg mit so scharfem Bewußtsein ihrer selbst gegangen. Ihr war feierlich zumut. Sie spürte, daß dieser Gang etwas für sie zu bedeuten habe, Großes, Schweres, Schönes, Schmerzhaftes, für sie und den, der sie leitete und mit dem sie oft plaudernd und schweigend, ernsthaft und fröhlich hier gewandert war.

Sie stiegen wie willenlos die Schlucht hinab, die Hippels Anpflanzungen zu einem wohligen und nachdenksamen Paradieschen gestaltet hatten. Junges Grün brach allenthalben aus Sträuchern und Bäumen. Die Amsel pfiff ihr Abendlied. Ulrike wartete, daß ihr alter Freund das Schweigen bräche. Aber der führte sie stumm weiter, das ganze kleine Tal entlang, und mit einer raschen Schärfung ihres fast noch kindlichen Geistes, dessen Zartheit der heftige Denker stets milde geschont hatte, glaubte sie erst heute alle die Tafeln mit den mannigfachen Sinnsprüchen, die der philosophische Hippel längs des Talweges aufgestellt hatte, in ihrer ganzen Lebensweisheit und Lebensfreude zu begreifen.

Im Verlauf der kleinen kühlen Schlucht teilte sich der Pfad endgültig. Die eine Gabelung führte noch tiefer in das zärtliche Tal, in harmonischen Windungen, die sich Zeit zu nehmen schienen, dem Bach folgend, der dem Haff zuplauderte. Der andere Weg aber strebte beinahe kühn zur Anhöhe der Schlucht zurück, die einen weiten Blick in die Umgebung gestattete. Auch hier, am Scheidepunkte der beiden Stiege, hatte Hippel eine Spruchtafel angebracht. Vor ihr blieb der Alte stehen, das Mädchen damit gleichfalls zur Unterbrechung des

Schreitens zwingend. Er löste seinen Arm von dem ihren, klopfte leise auf den Stein der Inschrift und las mit zögernder Stimme:

Verliebte gehn im Tal,
Und Denker suchen Höhen.
Die Wahl hat ihre Qual.
Wir gehen, wo wir gehen.

Sein Kinn zitterte und seine Augen leuchteten sie feucht an. Dem Mädchen war es, als ob diese Augen, diese hellen, blauen, noch von keinem Alter getrübten Augen da vor ihr sie aufsaugen wollten, als ob sie ein Stück ihres Wesens zu trinken versuchten, ihr Blondheit, Mädchentum und Fröhlichkeit zu rauben sich unterfingen. Es zuckte ihr in den Füßen, davonzujagen; vor diesen Augen, die sie bestehlen wollten, zu flüchten. Aber sie vermochte sich nicht zu rühren. In ihrem Herzen war eine dumpfe Schwere, die sie niederdrückte, und in ihrer hellen Seele rollte unablässig dieser Vers ab von der Wahl, die ihre Qual habe, hart und unerbittlich, kalt und erzen mit der Nacktheit seiner Vokale, ohne daß sie seinen Sinn und seine Bedeutung für diese Sekunden ganz zu begreifen vermochte.

Der Greis konnte sich nicht aufraffen, die Ewigkeit dieser Augenblicke zu zerreißen. Erst als das Mädchen, von plötzlich verstehendem Weh und Mitleid überwältigt, aufschluchzte und ein angstvolles Weinen über die Einsamkeit, in die sie, wie in einen Abgrund, geschaut hatte, ihren jungen Körper erschütterte, zwang er sich aus dem Schweigen der Sekunden auf. Da ihm Ulrike in maßloser Hingabe für das Geschenk, das er, der Unerbittliche und Verschlossene, ihr dargebracht hatte, die Hände küssen wollte, fing er verwirrt ihr Gesicht auf. Lange blickte er in die rührenden Augen, die über den seinen hingen. Dann hob er sich langsam empor und drückte, ungeschickt und jeglicher Zärtlichkeit ungewohnt, seinen Mund kurz auf die Stirn des Mädchens, winkte Lampe, der, besorgt den Dreispitz seines Herrn tragend, aus respektvoller Entfernung und verwundert diesem Abschied beigewohnt hatte, bedeckte sich und stieg, ohne sich noch einmal zurückzuwenden, langsam, doch stetig den Pfad zur Höhe hinauf.

Die Kirchtürme

Dies war die Nacht vom einunddreißigsten Dezember des Jahres Siebzehnhundertneunundneunzig auf den ersten Januar des Jahres Achtzehnhundert. Menschliche Willkür hatte diese Zählung geschaffen. Aber man unterwarf ihr sein Gefühl. Ein neues Jahrhundert begann. Man glaubte an die zunehmende Vernunft der Menschheit.

Der Arzt hatte dringend geraten, den weihevollen Schritt über den illusionären Äquator der Zeit ohne die übliche Gesellschaft der Freunde zu tun. Die fünfundsiebzig Jahre, welche die Schultern drückten, seien reale Zeit, aus einer Kategorie, der keine Apriorität Verfall und Krankheit nehmen könne. Der Greis habe, angegriffen von den lästigen Anfällen der letzten Tage, allen Grund, der traditionellen Gasterei dieser Nacht zu entsagen, und da die Erde immer noch eine Kugel sei, könne man ja so tun, als ob man ein wenig westlicher hause, um Gott Chronos hinter das Licht der Sonne zu führen.

Kant, der sich in der Tat nicht ganz wohl fühlte, hatte Gehorsam versprochen, und Lampe, der Diener, brachte die Kunde zu den alten Weggenossen, der Greis müsse das Bett hüten und bitte, die Glückwünsche, die man ihm zugedacht habe, zwölf Stunden zu verschieben.

Mit dem Bett allerdings wollte es nichts werden. Alle Anstrengungen des Verstandes, diese Zeitbestimmungen, die einen Silvester und ein Neujahr und gar einen Jahrhundertbeginn in der Folge hatten, als nichts anderes wie die Konvention hochmütig gewordener Planetenbewohner zu nehmen, halfen nicht gegen die geheimnisvolle Erregung, welche die Stunden mit sich brachten. Lampe hatte den Ofen neu versorgen müssen, bevor er, groglüstern wie immer, durch den knirschenden Schnee zu seinen Saufkumpanen entschwunden war, und in Schlafrock und Hausschuhen wohl verwahrt, hatte der Alte begonnen, den

Abend mit Lesen zu verbringen, um beim Glockengeläute des geliebten Löbenichtschen Turmes, der vor seinem Fenster in die sternklare Winternacht ragte, dem neuen Jahrhundert einen einsamen Schluck des Nachsinnens darzubringen.

Da es zu umständlich gewesen wäre, eines jener heißen Getränke herzustellen, das die Ortsansässigen mit einigem Humor für die nordische Heimat Maitrank zu nennen beliebten, hatte der Philosoph aus dem Spinde einen von den Boxbeuteln hervorgeholt, die ihm der, man mußte schon sagen in jeder Hinsicht tüchtige Kollege Reinhold aus Jena hatte zukommen lassen.

Es ermüdete ihn, die Kerze immer wieder abzuschnuppen. Er drückte sie aus. Das Feuer sprang aus dem Ofenloch heiter über die weißen Dielen. Der Mond der frostigen Nacht genügte völlig, ihn den Weg zwischen Flasche und Glas finden zu lassen. Er richtete beide handlich auf dem sauber geordneten Schreibtisch, an dem er nachmittags einige Ideen über Gott zu Papier gebracht hatte, und rückte sich am Fenster zurecht. Es machte ihm heute Vergnügen, die Geräusche der nächtlichen und noch stillen Straße, die sein Nachdenken sonst aufs heftigste perturbierten, in sich aufzunehmen, Verbindungen zu Mitmenschen, die verspätet den gewünschten Silvesterfeiern zustrebten oder einen Hund zweckdienlich auf den Platz hinabgeleiteten.

Wie es sein Auge seit Jahrzehnten gewöhnt war, wenn er, von seinen Manuskripten aufschauend, einen Punkt suchte, um den er seine Gedanken konzentrieren konnte, so fing es auch jetzt den Löbenicht ein, dessen schmale Schieferverkleidungen im Monde leuchteten, und es ward ihm, als ob die ganze Welt seines Geistes, zu einem leidlich harmonischen Kosmos gegliedert, um diesen stummen Gefährten seiner tiefsten Stunden zu kreisen begann.

Ein Wort kam ihm in den Sinn, das der Freund Hippel, nicht unbedenklich zu jenen Männern schielend und von ihnen ein großes Aufsehen machend, die in diesem fernen Städtchen Weimar ihr fragwürdiges Wesen trieben, einmal beinahe schwärmerisch gebraucht hatte. Es paßte durchaus nicht hierher; es war geradezu abstrus, zu meinen, es vermöchte den milden Sinn dieser nächtlichen Einsamkeit zu bezeichnen oder gar auszudeuten.

Brudersphäre, so lautete es, und es stammte natürlich, wie so manches unnötig Komplizierte, von jenem Ministerchen, um dessen Schreibereien die Jungen sich ereiferten, als wäre dieser Verseverfertiger, der ohne Scham seine Lebensdinge vor einem gierigen Publikum ausbreitete, ein Mensch, dem diese Welt zu wunder was für Dank verpflichtet sei. Nein, er hatte von diesem Herrn niemals etwas gelesen, auch nicht jenes lächerliche Opus, in dem er den alten Scharlatan, den Doktor Faust, auf die Bühne zu bringen sich erfrecht hatte. Gewiß war das für einen Professor, der beinahe einmal eine Professur für die schönen Künste und Beredsamkeit angenommen hatte, eine Nachlässigkeit; aber man hatte nun einmal seine Antipathien und als ein anständig lebender Kerl die Pflicht, aus solchen kein Hehl zu machen.

Brudersphäre: das war eigentlich doch nicht so ganz übel. Brudersphäre: das klang und war in dieser hybriden Zusammenraffung zweier Begriffe, die noch niemals ein Lebender zusammenzuleimen unternommen hatte, zum mindesten eine schöne Kühnheit. Der Kirchturm und er: dazwischen oder vielmehr um sie beide herum schwang etwas, was man mit dieser Vokabel wohl bezeichnen konnte. Ein Menschenalter hatten sie zusammen Bruderschaft gehalten, der Löbenicht und er, der Turm mit seiner Uhr, die Ordnung in den Zeitläuften hielt, und er, der mit seinen mehrfachen Vernünften dem Chaos dieses verwirrten Daseins Gesetze zu geben versucht hatte. Dieser steinerne Schweiger war ein Mitdenker gewesen, zweifellos, und niemand hätte wohl zu entscheiden vermocht, wie weit die Hilfe dieses stummen Genossen seiner Denkereien gegangen war.

Der Alte hob das vierte Glas gegen den Löbenicht. Und als ob der über den brüderlichen Zutrunk quittieren wollte, flammte in seiner halben Höhe ein Lichtschein auf. Er ward bald an einem der höheren Luftlöcher wieder sichtbar, anzeigend, daß die Uhr allmählich auf Mitternacht ging und der Bläserchor, der den Neujahrschoral über die dunkle Stadt hinwegblasen sollte, seinem Standort auf der letzten Brüstung zustrebte. Die Blicke des Greises verfolgten die wandernde Laterne, bis die Unruhe des Lichtes seine Augen ermüdete. Er schloß sie sanft, auf den Schlag der Stunde zu warten, die das neue Jahrhundert verkünden sollte.

Da tat sich die Tür seines Zimmers auf. Es kam, entgegen aller ärztlichen Warnung, Besuch, noch dazu, so schien es, unhöflich und unerzogen. Denn es hatte niemand geklopft. Lampe hatte natürlich wieder einmal vergessen, die Haustür abzuschließen; es war ein rechter Ärger mit dem Diener geworden, den man nur nicht entlassen wollte, weil man seit sechsunddreißig Jahren an ihn gewöhnt war. Der Greis wandte sich zur Tür hin. Er erstaunte immer mehr. Es war eine ganze Gesellschaft, die da zu so ungewohnter Nachtzeit hereintrat. Eins, zwei, drei — sieben — neun — elf — dreizehn, zählte er, und es folgten noch mehrere Gäste, daß bald die kleine Stube überfüllt erschien.

Höflich, wie er war, wollte er sich zum Gruße erheben. Aber da war schon der Vorderste der Besucher neben ihm: „Inkommodieren sich Euer Gnaden nicht“, bat er und hielt ihn zart im Sessel zurück. „Es ist uns darum zu tun, daß das Geschäft, das wir mit dem Herrn Professor abzuwickeln haben, in aller Ruhe und Bequemlichkeit für Euer Gnaden traktiert werde. Erlauben Herr Professor, daß ich mich Ihnen vorstelle oder, besser gesagt, wieder vorstelle, da der Herr Professor meine Bekanntschaft anzunehmen bereits einmal die Freundlichkeit hatten. Herr Professor erinnern sich? ... Balthasar Kaluweit, Ökonomist.“

Der Greis versuchte sich zu erinnern. Es gelang ihm nicht. „Ich bedauere aufrichtig, Herr Kaluweit“, entschuldigte er sich. Aber Balthasar Kaluweit fuhr bereits fort: „Auch diese ehrenwerten Männer hatten

Das Schloß zu Königsberg mit Kants Wohnhaus.

schon die Ehre, die Bekanntschaft mit Euer Gnaden zu machen. Herr Thomas Scheffel, derzeit Pastor in Darkehmen, Herr Engelbert Himmel, Landrichter in Gumbinnen, Herr — —", und er nannte Namen, Stand und Wohnsitz bis zum letzten und jüngsten der Gäste, dessen Züge dem Greise einigermaßen bekannt vorkamen. Balthasar Kaluweit bemerkte, daß der Professor ins Gedächtnis kam. „Studiosus Toffeleit aus Pillkallen, Euer Gnaden", schloß er freundlich die Vorstellung und strich sich befriedigt seinen ökonomischen Vollbart.

Ja, richtig, das war der Matthias Toffeleit. Das war ein Hörer seines letzten Kollegs, das er noch vor einigen Jahren gelesen hatte, und zwar der, dem sein Famulus den ebenso berühmten wie berüchtigten Platz auf der linken Ecke der dritten Bankreihe im Auditorium maximum für jenes Wintersemester angewiesen hatte. Matthias Toffeleit war dick und bequem, und sein Phlegma war der Aufgabe dieses bereits historisch gewordenen Platzes trefflich entgegengekommen.

Diese Örtlichkeit war die von der Tradition geheiligte Stelle des Vorlesungsraumes, welcher der weltberühmte Dozent seit Jahrzehnten sein Gesicht und seine Rhetorik zuzuwenden pflegte. Seit langen Jahren war es Überlieferung, daß dieser Eckplatz mit einem vertrauenswürdigen Hörerindividuum besetzt wurde, das der Gewohnheit des Redners pflichtgetreu standzuhalten wußte. Dieser Kommilitone hatte regelmäßig zu der Vorlesung zu erscheinen, durfte, den Vortragenden nicht zu irritieren, nicht nachschreiben, nicht gähnen, sich nicht rühren, durfte überhaupt nichts tun, als angespannteste Aufmerksamkeit spielen, damit der Redner, in der Illusion dieser Aufmerksamkeit, selbst nicht unaufmerksam wurde oder gar ermüdete. Die Sammlung nun dieses Spielers bedurfte solcher Kraftentfaltung, daß der Betreffende vor lauter Aktivität des Zuhörens nichts von dem geistigen Gehalt des Kollegs aufzunehmen vermochte, und da eine wechselnde Benutzung des so gefährdeten Platzes unmöglich war, blieb in jedem Semester ein unbelehrtes Opfer auf der Walstatt der berühmten Vorlesung zurück.

„Was wünscht er, Matthias Toffeleit?“ wandte sich der Greis an den Studenten. „Und was wünschen diese Herren? ... Der Arzt hat mir verboten, zu so später Nachtzeit Besuch zu empfangen.“

Doch bevor Matthias Toffeleit aus Pillkallen pflichtschuldigst Aufklärung zu geben vermochte, nahm der Ökonomist Balthasar Kaluweit unbekannten Wohnorts wieder das Wort. „Hochzuverehrender Herr Professor“, hub er feierlich an, „wir sind die Kirchtürme.“ Und dumpf murmelte die Korona ihm nach: „Wir sind die Kirchtürme.“

Dem Greis wurde ein wenig bange. Sollte eine Horde von Geisteskranken aus der Anstalt ausgebrochen sein? ... Vielleicht schlichen zu Silvester alle Wärter, wie der trunksüchtige Lampe, zu geheimen Zechgelagen und ließen sieben gerade sein? ... Er versuchte, erneut aufzustehen. Aber es gelang ihm nicht. Ihm war, als ob der Boxbeutel in seinen kümmerlichen Waden eine Tyrannis angetreten habe.

„Wir sind die Kirchtürme der Vorlesungen Euer Gnaden“, erklärte sich der Ökonomist deutlicher. „Wir Männer und Jünglinge des östlichen Landes haben summa summarum sechsundvierzig Semester alias dreiundzwanzig Jahre auf dem linken Eckplatz der dritten Bankreihe des Auditorium maximum der hohen Albertina zu Euer Gnaden Füßen gesessen. Um unsre bescheidnen Köpfe, die Euer Gnaden fürsorgliche Famuli zu ruhenden Punkten Eures tiefsinnigen Vortrags auswählten, schwang sechsundvierzig Semester lang Euer unergründlicher Geist. Wir brachten das Opfer der Aufmerksamkeit, die uns hinderte, Euer Gnaden vortreffliche Weisheiten zu verstehen. Wir brachten dies Sacrificium willig und ohne Murren, zum Besten derer, die mit weniger Anstrengung Euer Gnaden Deduktionen zu folgen vermochten. Wir saßen still und mit dem Ausdruck geschärftester Hingabe, stundenlang, tagelang, wochenlang, monatelang. Heut aber, da dieses Jahrhundert, das man das Jahrhundert Euer Gnaden zu nennen sich nicht mehr scheut, zu Ende geht, hat es uns Arme im Geiste nicht länger in unsrer Unwissenheit geduldet. Unsre Köpfe lechzen nach Weisheit und Belehrung.

Wir sind gekommen, nachzuholen, was wir zu Frommen und Nutzen der Allgemeinheit und der gesamten Welt der Denker versäumen mußten. Euer Gnaden, wollet die Güte haben, zu beginnen. Und wenn Euer Gnaden auch heute und zu dieser Stunde und an diesem Ort eines rhetorischen Haltepunktes bedürfen solltet, so hat sich Matthias Toffeleit aus Pillkallen, als der Jüngste unter uns, bereit erklärt, sich auch dieser letzten Möglichkeit, das verlorene Jahrhundert nachzuholen, verzichterisch zu entschlagen." Wie auf ein Kommando ließen sich die Besucher nieder, wo sich ihnen eine Gelegenheit zum Sitzen oder Liegen bot, und der dicke Matthias Toffeleit kletterte behende auf den Schrank, daß die Boxbeutel darinnen ein gläsernes Konzert begannen. Mit ernster Miene machte er sich zu der Aufmerksamkeit bereit, die zu spielen er gelernt hatte und die zum wehmütigen Schrecken des Greises langsam auch in die Gesichter der andern heimkehrte.

Ihm wurde bedenklich zumute. Zweifellos waren diese ehrenwerten Männer und Jünglinge in einem wohlbegründeten Rechte. Er anerkannte ihre Forderung und war willens, ihr nach besten Kräften nachzukommen. Aber was sollte er ihnen vortragen? ... Worüber sollte er hier in diesem Raume, der bisher nur der Stille geweiht gewesen war, sprechen? ... Welche Materie ließ sich zu so extravaganter Stunde knapp, kürzlich und doch ausreichend und verständlich aufrollen? ... Anfangsgründe der Metaphysik zu lesen, konnte von diesem Hörerkreis leichtlich als eine Beleidigung empfunden werden. Die Lehre von den Kategorien hing ihm selbst zum Hals heraus. Die Antinomien waren Zuspitzungen, über die man sich, je älter man wurde, desto verwunderter selbst gebärden mußte ...

Ja, nun hatte er es. Er wollte über diesen neuen Begriff da reden, den dieses neue Wort angeregt hatte. Die Stunde gab das Thema von selbst an die Hand; es war schicklich, aus dieser Situation heraus — man war schließlich einmal ein charmanter Plauderer gewesen — ein naheliegendes Problem dieses immer merkwürdiger werdenden Lebens zu erörtern.

„Meine Herren“, begann er, noch ein wenig zögernd und nachdenkend, wie er in die abseitige Materie auf zulässigem Umwege gelangen könnte. „Meine Herren! Ein gewisser Goethe . . .“

Da aber ging ein Schuß auf dem Platze neben seinem Hause los. Glocken schwangen vom Löbenicht und trafen sich mit denen fernerer Türme. Die Menschen auf den Straßen riefen sich an. Neujahr! Neujahr! Das neue Jahrhundert war geboren.

Der Greis schrak auf. Das Weinglas klirrte vom Tisch auf den Boden in helle Scherben. Droben auf dem Turm brannte ruhig das Licht über den Bläsern, deren messingne Instrumente im Mond glänzten.

Er stieß das Fenster auf und kühlte den vom Traum wirren Kopf in der Frische der einströmenden Schneeluft.

Vorm Haustor stand Lampe und trieb mit sichtlich übertriebenen Gebärden Studenten weiter, die versuchten, dem Professor ihre Glückwünsche darzubringen.

Kant lächelte. Er tastete sich zu dem Schrank, auf dem Matthias Toffeleit aus Pillkallen mit den Beinen geschaukelt hatte, und langte sich ein neues Glas hervor.

Die Bläser auf dem Löbenicht setzten ein. „Nun danket alle Gott . . .“

Kant füllte den Rest der Flasche in das Glas. „Den Kirchtürmen“, sprach er vor sich hin. „Den Helfern, den unbekannten . . .“ Und er hob das Glas wieder gegen den Turm und trank es dann feierlich und lächelnd in die Schatten des Zimmers hinein.

Die Antinomie

Dies war eine stürmende Nacht Ende Januar des Jahres 1802. Der Winter lag schwer auf Ostpreußen. Riesige Schneemassen schüttete er über das Samland, und die Stadt versank in hohe lockere Watte, durch die sich hindurchzukämpfen nur der unternahm, den ein unbedingt notwendiges Geschäft auf die unwegigen Straßen trieb.

Ehregott Andreas Christophorus Wasianski, seit längerem zweiter Prediger der Tragheimer Kirche, war nach Mitternacht des dreißigsten Januar zu einem Sterbenden seiner Gemeinde gerufen worden. Die Uhr ging schon auf fünf Uhr morgens, als er, tief in seinen Pelz vergraben, die Laterne mühsam gegen den eisig pfeifenden und Schnee mit sich führenden Wind schützend, das Haus des sanft Entschlafenen verließ. Wasianski schlug nicht die Richtung nach seiner Wohnung ein. Er arbeitete sich über die Breite des Paradeplatzes der Junkerstraße zu, bog dann in die Prinzessinnenstraße ein und machte vor dem Hause, das die Nummern siebenundachtzig und sechsundachtzig trug, halt. Das zweistöckige Haus mit den fünf Fenstern Front stand lichtlos im Schneetreiben. Auch das kleine Giebeldach, das unter den beiden Schornsteinen nach der Straße zu führte, war nicht erleuchtet.

Der Prediger atmete erleichtert auf. Die Beklemmung, die ihn während der ganzen Nacht nicht verlassen und seine Konzentration auf den Sterbenden gestört hatte, wich von ihm. Da er um Mitternacht vom Tragheim aus zur mittleren Stadt gekommen war, hatte es ihm geschienen, als ob er Lampe in der Pulverstraße begegnet wäre, der gewiß wieder einmal zu einer seiner immer mehr überhand nehmenden Zechereien gegangen war. Freilich konnte er sich geirrt haben; im wüsten Schneetreiben verschwammen alle Umrisse und der, der da vor ihm in den Hausflur einer Spelunke hineingetorkelt war, konnte ebensogut ein rüstiger Mann gewesen sein, der von der Kälte und der Anstrengung des Weges erschöpft für ein paar harmlose Augenblicke Schutz suchte.

Wasianski zögerte, ob er noch um die Straßenzeile herum zum Schloßgraben gehen sollte, auch von der Gartenseite her sich zu vergewissern, daß der Greis, der ihm alle Kommissionen seines Junggesellenhauses seit dem November des vergangenen Jahres übertragen hatte, da sein nun bald achtzigjähriger Kopf sich nicht mehr in den Dingen des Alltags zurechtfand, ruhig und friedlich in den Wintermorgen hinein schlief. Doch die Müdigkeit in ihm war zu groß, die durchwachte Nacht und der zweimalige Gang durch die eisige Kälte hatten ihn erschöpft. So wendete er, nach einem nochmals beruhigten Blick auf das Haus, das seit Jahrzehnten zum Zentrum auch seines Lebens und Denkens geworden war, seine Schritte zurück und mühte sich mit dem verlorenen Lichtlein seiner Laterne dem Tragheim zu.

Der Frieden des Kantischen Hauses, den der Prediger glaubte feststellen zu können, war nur Schein. Während die Front in stiller Dunkelheit lag, spielte sich, gerade um diese Stunde, in den hinteren Räumen nach dem Garten zu, der Schlußakt einer Tragödie ab, die den Titel Lampe trug. Wasianski hatte sich nicht geirrt, als er dem Diener Kants begegnet zu sein meinte. Lampe hatte in der Tat wieder einmal einen seiner alkoholischen Ausflüge in die Stadt unternommen. Selbst nun ein Greis um die Siebzig herum, war er dem Trunke nicht mehr gewachsen, und als er gegen Morgen kurz vor dem Prediger dem Hause seines Herrn zugesteuert war, hatte er das Quantum, das ihm zuträglich war, bei weitem überschritten.

Der Prediger Wasianski war acht Jahre alt gewesen, als Lampe, durch den Siebenjährigen Krieg nach dem Nordosten verschlagen und dort abgelohnt, in den Dienst des damaligen Magisters Immanuel Kant getreten war. Das waren nun fast neununddreißig Jahre her, und der

Diener war mit seinem Meister zusammen alt, weiß und eine Stadtberühmtheit geworden. Aber wie es mit so alten Bediensteten meist ausläuft, so hatte auch Lampe schließlich eine Tyrannis im Hause Kants errichtet. Zwar die Luise Nitzschin, die Köchin, die sich in dem untern Stockwerk des Hauses ausbreiten durfte und dort mit Hund und Katze ein sauberes Regiment führte, hatte sich nicht unter die Herrschaftsgelüste Lampes gebeugt und ihre Selbständigkeit zu wahren gewußt, hin und wieder unterstützt von Lampes zweiter Frau, die, jünger als der alte Diener, des öftern zu Gewalttätigkeiten greifen mußte, um ihrem Gemahl zum Bewußtsein zu bringen, daß er der Diener und Kant der Herr im Hause sei. Aber der Weise selbst war immer mehr den Launen des Livrierten verfallen, ohne sich, nun fast schon hilflos, noch zur Wehr zu setzen, da er durch die Jahrzehnte an den Diener wie an alle Regelmäßigkeiten seines pedantischen Junggesellendaseins gewöhnt war.

Im letzten Jahre allerdings hatten mehrere Vorkommnisse dazu geführt, daß der Greis sich bei dem Berater seiner Geschäfte, dem Prediger, über Lampe hatte beschweren müssen. Wasianski hatte den Diener des öfteren zur Vernunft gemahnt, auf das Testament hinweisend, in dem ihm, Lampe, eine Pension von jährlich zweihundert Gulden ausgesetzt war, welche Summe naturgemäß in Fortfall käme, wenn Kant ihn zu entlassen gezwungen würde. Auch hatte ihm der Prediger eines Tages einen jener Merkzettel des Greises vorgezeigt und ihm, dem Analphabeten, vorgelesen, was darauf notiert stand, nämlich, daß der Herr Kriminalrat Jensch zu befragen sei, wie er seinen besoffenen Bedienten — ja so grob stand es da auf dem gelben Zettelchen! — abschaffen könnte, wozu außerdem die psychologische Anmerkung geschrieben stand, es sei nicht wahrscheinlich, daß ein anderer Herr versuchen werde, den Lampe ihm abspenstig zu machen und für sich anzuwerben, da er seiner Geschicklichkeit nach ein schlechter Bediensteter sei, erstens weil er nicht lesen noch schreiben könne, und zweitens weil er ohne, ja wider seine Bewilligung beweibt sei.

Dieser Merkzettel des Alten hatte Lampe denn doch einen Stich gegeben, und er hatte sich ein paar Wochen musterhaft geführt. Aber er konnte nicht mehr gegen seine Gewohnheiten an, ja glaubte schließlich, genau wie sein Herr, ein Recht auf diese Gewohnheiten durch ein jahrzehntelanges Dienen erworben zu haben. Und so war es denn an diesem Wintermorgen zur Katastrophe gekommen. Lampe, schwer angetrunken, war gegen fünf Uhr nach Hause getorkelt, noch soweit Herr seiner Sinne, um das Bewußtsein, er handle in treuer Pflichterfüllung, eitel über seinem Rausche schaukeln zu lassen. Seit dem Jahre 1763, seit dem Tage, da er seinen Einzug in das Haus des Magisters Kant gehalten hatte, war er an jedem Morgen, ein paar wenige ausgenommen, an denen er oder, was ganz selten vorgekommen war, der Gelehrte unpäßlich gewesen war, fünf Minuten vor fünf Uhr vor das Bett seines Herrn getreten, hatte ihn mit seinem militärischenergischen „Es ist Zeit!" zum Tagwerk eingeladen und ihm das Seil in die Hand gegeben, das in dem stets völlig verdunkelten Schlafzimmer vom Bett zur Tür gespannt war, damit sich der Herr Professor rascher ins Licht des Tages finden konnte. Diese Exekution war Lampe so in Fleisch und Blut eingegangen, daß er oben in seinem Dachgeschoß keines Weckers bedurfte, um zur bestimmten Stunde aufzuwachen.

Als er mit seinen Kumpanen die Nacht hinter sich gebracht hatte, war ihm die Gewohnheit in die Nerven gefahren. Punkt ein halb vor fünf Uhr war er aufgebrochen, um zur richtigen Zeit zu Hause zu sein. Freilich hatte er in seiner Bezechtheit vergessen, daß seit einigen Wochen auf Anordnung des Professors Elsner das Aufstehen des Greises auf sieben Uhr verschoben worden war. Die jahrzehntelange Übung, tief im Gehirn angesiedelt, hatte stärker als die neue Ordnung der Zeiteinteilung dem Schnapse Widerstand geleistet, und so war er,

Kant-Spruchtafel an der Schloßmauer am Gesekusplatz in Königsberg.

stolpernd und lärmend, mit der Kerze den Fußboden vertropfend, gegen fünf Uhr in den Schlaf des Greises eingebrochen.

Kant fuhr unter dem lauten „Es ist Zeit!“ auf. Da ihm jedoch sein Gefühl sagte, es könne der Morgen noch nicht da sein, griff er kontrollierend zu seinem Chronometer. Als er die Zeit festgestellt hatte, begann er Lampe wegen seiner Nachlässigkeit zurechtzuweisen. Der aber, tief gekränkt in seiner Verschleierung, blieb bei seiner Meinung, der Professor müsse aufstehen. Es kam zu einer scharfen Auseinandersetzung, das Greislein im Bette zankte, Lampe schrie und brüllte, er sei immer ein pflichteifriger Mann gewesen, und wollte, verworren und großspurig, seinen Herrn mit Gewalt aus dem Bett schleppen. Nur das Erscheinen der energischen Nitzschin verhinderte, daß dieser Ringkampf der beiden ungleichen Greise zu einem Unglück führte. Sie packte den Trunkenen und Tobenden am Kragen und überlieferte ihn den Händen seiner Frau, die ihn, heulend und wohl wissend, was die Folge dieses Exzesses sein werde, in Empfang nahm und hinter Schloß und Riegel seiner Stube unschädlich machte.

Wasianski war eben zu Hause angelangt und hatte sich einen heißen Tee bereiten lassen, als es am Haustor Sturm läutete. Die Nitzschin, in ein großes Umschlagetuch verwickelt, überstürzte den Prediger mit dem, was geschehen war, oder vielmehr mit dem Wenigen, aber desto Schrecklicheren, was sie selbst noch gehört und gesehen hatte. Wasianski, der sich schwere Vorwürfe machte, nicht doch noch zum Schloßgraben gegangen zu sein, warf sich sofort wieder in seinen Pelz, und eine Viertelstunde später betrat er das Haus in der Prinzessinnenstraße, das er vor kaum einer Stunde noch in aller Friedlichkeit hatte schlummern wähnen.

Der Greis, nur halb angekleidet, empfing ihn zitternd in seinem Arbeitszimmer. Die karge Beleuchtung ließ ihn noch kleiner und verfallener erscheinen, als ihn Natur und Alter gemacht hatten. Der Prediger vermochte keine Einzelheiten über die Geschehnisse aus ihm herauszubekommen. Lampe hätte sich an ihm vergangen; er schäme sich, davon zu sprechen. Jedenfalls war es nun auch bei ihm beschlossen, Lampe zu entlassen. Wasianski, längst auf dieses Ende vorbereitet, hatte bei einer befreundeten Familie bereits einen Diener einstellen und auf die Bedürfnisse Kants anlernen lassen, so daß dieser neue Mann zu jeder Stunde seinen Dienst im Hause des Greises antreten konnte.

Wasianski hatte einen schweren Tag. Aber am Abend war alles geordnet, Lampe mitsamt seinem kleinen Hausstand hinausexpediert und Johannes Kaufmann, wie der neue Diener hieß, im Dachgeschoß installiert. Da der Prediger aber glaubte, den neuen Mann am ersten Tag nicht mit Kant allein lassen zu dürfen, so erschien er am folgenden Morgen selbst um sechs Uhr in der Frühe, um die Handreichungen des Johannes Kaufmann zu überwachen.

Es ging auch alles gut vonstatten, sie brachten den Greis aus dem Bett und in die Kleider und konnten ihm pünktlich um sieben Uhr die zwei Tassen Tee, die er zu sich zu nehmen pflegte, und die Morgenpfeife reichen. Stramm stand Kaufmann hinter dem Stuhle Kants. Wasianski, um den Greis noch nicht sich selbst zu überlassen, bat ihn, ihm beim Teetrinken Gesellschaft leisten und einen Tabak mit ihm rauchen zu dürfen.

Der Greis, bis zu seinem Totenlager ein Mann von ausgesprochener guter Erziehung, nahm das Angebot des Predigers mit Anstand auf. Doch Wasianski, der ihm gegenüber auf dem Sofa Platz genommen hatte, spürte, wie sich der alte Mann, verstört durch die ungewohnte Neuheit der Stunde, Zwang antat, ruhig und liebenswürdig zu erscheinen. Er ließ die Tasse unberührt vor sich stehen und war nicht zu bewegen, die Pfeife anzuzünden. Der Pfarrer quälte sich, zu finden, was ihm fehlen könne. Da begann der Greis zu sprechen, leise und höflich und sich zart entschuldigend: der Prediger möchte doch diesen fremden Mann hinausschicken und sich selbst so setzen, daß er, Kant, ihn nicht zu sehen vermöchte. Seit mehr als einem halben Jahrhundert sei er gewöhnt, morgens bei der Mahlzeit allein zu sein ...

Wasianski entließ mit einem Wink den Diener und trat selbst hinter dem Stuhl des Greises vorbei zum Fenster, in dem der erste Morgen zu grauen begann. Und wie er in die dämmerige Frühe des Gartens hinausschaute, meinte er, die Einsamkeit von Jahrtausenden sei in diese Viertelstunde gebannt, in welcher der Greis seinen Tee schlürfte und umständlich Feuer für seinen Tabak schlug.

Als der Prediger sich räusperte und Abschied zu nehmen begann, war der Alte erstaunt. Er hatte die Anwesenheit seines Helfers schon vergessen. Allein geblieben, setzte er sich, versonnen und die Erregungen der letzten Stunden verklingen lassend, auf den gewohnten Platz am Fenster. Aber die Zeitschriften lockten ihn heute nicht. Er lehnte sich zurück und schaute in die beginnende Helle des letzten Januartages hinaus.

Kaufmann hieß also der neue Mann, den sie ihm da nun ins Haus gebracht hatten. Das war doch ein ganz unglückseliger Name. Man konnte den Mann doch nicht Kaufmann rufen. Was sollten Jacobi, Hay, Green und Toussaint, seine Mittagsgäste, dazu sagen, die Kaufmänner waren. Es mußte sie doch kränken, einen Diener mit einem Worte gerufen zu hören, das für sie ein Ehrenname war. Eine ärgerliche Angelegenheit! Man müßte den neuen Mann, der so schrill sprach, aber ja wohl ein ganz anstelliger und brauchbarer Mensch zu sein schien, Johannes nennen. Welche Umstände! Er würde sich gewiß dauernd versprechen. Wenn man fast vierzig Jahre kurzerhand „Lampe!“ gerufen hatte!

Lampe! ... Es tat doch weh. Da war wieder etwas vom alten Bau abgebröckelt. Gewiß: man war nicht schuld. Aber es wäre erfreulicher gewesen, hätte man den Alten die paar Jahre oder Monate, die man in dieser Stube noch zu verbringen hatte, um sich haben können. Das mit dem Testament mußte nun wohl geändert werden. Man durfte nicht rührselig sein. Der Mensch hatte sich — nun, nicht daran denken! ... Ganz enterben konnte man ihn nicht. Man mußte einen Mittelweg finden und die Pension herabsetzen. Der Mann hatte seine Pflicht verletzt. Seine Pflicht! ... Das durfte man nicht durchgehen lassen. Man war für seine Handlungen verantwortlich.

Lampe! ... Er mußte lächeln. Selbst wenn man hundert Jahre zusammen alt geworden wäre, hätte dieser alte Esel immer noch „Hartmannsche Zeitung“ statt „Hartungsche Zeitung“ gesagt. Ja, ja, dumm war er schon, der alte Söldner! ... Aber er war doch ein treuer Kerl gewesen. Hatte ihn wohl auch auf seine Art geliebt. Das mit dem Haarbeutel war ja eine stadtbekannte Geschichte. Nun müßte er ihn wohl immer selber aus alter Gewohnheit in die Mitte des armen, alten und immer schiefer werdenden Rückens schieben. Denn der neue Mann, der Kaufmann, nein, Johannes, würde diesen diffizilen Griff gewiß weder lernen noch wagen. Ja, man war ein weltberühmter Mann, und man hatte die Pflicht, die Männer und Jünglinge zu empfangen, die von weit hergereist kamen, ihn wie einen verhutzelten Affen zu bestaunen.

Lampe! ... Hinters Licht geführt hatte er ihn ja manchmal. Das mit dem Geld mochte noch hingehen, wenn es auch recht bedenklich war, wie der Gauner ihm Extrazulagen abzupressen wußte. Aber das mit der Heirat — mit den Heiraten dieses turbulenten alten Bockes: das war ein starkes Stück. Ohne daß man etwas davon gewußt hatte, war der Bursche jahrelang verehelicht gewesen. Eines Tages war er bei ihm hier eingetreten, unvorschriftsmäßig, nicht in dem weißen Rock mit den roten Aufschlägen, sondern in einem gelben Extrarock, ganz enragiert: Herr Professor, Sie wollen es mir nicht erlauben. Und da habe man dann erfahren, daß der Mann zum zweiten Male heiraten wollte und ihm die Trauung verwehrt worden war, weil es Fastenzeit war. Und dabei kam denn auch ans Licht, daß der Lampe katholisch war. Was denn nun allerdings dagegen sprach, daß man ihm hätte helfen können.

Lampe! ... War das alles vielleicht Mut zum Leben gewesen, den man selbst, trotz manchem Anlauf, nicht aufgebracht hatte? ... Der Mann hatte etwas durchgemacht. Die erste Frau war gestorben, ohne daß man etwas bemerkt hatte, ohne daß hier in seinem Dienstbereich Unordnung entstanden wäre. Der Mann hatte also doch Haltung. Nun ja, ein miles gloriosus! Was bedeutete dem, der in Schlachten gestanden hatte, der Tod eines Weibes? ... Oder hatte der doch eine individuellere Bedeutung? ... Ja, was wußte man eigentlich von diesem Menschen, mit dem man vier Jahrzehnte Tag für Tag zusammengelebt hatte? ... Hätte man nicht die Pflicht gehabt, sich mehr um ihn zu kümmern?

Man hatte Vieles und Breites und, wie anerkannt wurde, nicht Unwesentliches über das Problem der Pflicht verfaßt. Aber um diese Seele, die da ein Menschenalter lang neben einem herumgespenstert war, hatte man keine Sorge getragen. War das vielleicht eine Schuld, die sich nun gerächt hatte? ...

Lampe! ... Man war ja einmal recht glücklich miteinander gewesen. Wie war das doch mit dem Hahn? ... Man vergaß so viel. Und einmal, als über das sogenannte Jenseits und die Zustände, die dort nach menschlich törichter Vorstellung herrschen könnten, diskutiert wurde, hatte man ganz ernsthaft angemerkt, man würde es für kein übles Zeichen eines künftigen Wohnsitzes der Seelen ansehen, wenn einem daselbst der treue Lampe in verklärter Gestalt entgegenschwebte. Und ein ander Mal: hatte man da nicht die Scherben eines Glases, die der alte Mordbrenner des großen Königs beim Mahle zerbrochen hatte, eigenhändig unter dem wilden Wein im Hofe vergraben, um ihm die Scham vor den Gästen zu ersparen? . . . Und war diese schlichte Natur auf ihre Art dafür nicht dankbar gewesen?

Lampe! ... Das waren vierzig Jahre von einer bestimmten Seite aus gesehen. Das war in seiner Weise eine Gemeinschaft. Dieser Mann war ein Helfer gewesen, der Energien geschont und Hemmungen aus dem Lauf der Tagtäglichkeit beiseite geschafft hatte. Das war — ja, das war ein Stück des eigenen Lebens.

O, wie die Erinnerung müde machte! ... Wie die Schneeflocken wieder zu tanzen begannen und wirbelten! ... Wie da ein Schmerz, ein ganz unsinniger Schmerz im Herzen nagte! ... Nun würde ja wohl wieder einmal ein Frühling kommen. Heute war der letzte Januar. Immer noch ein Tag und noch ein Tag. Man lebte und mußte leben, solange noch das bißchen Blut kreiste. Man durfte nicht soviel denken. Das fraß weg. Man mußte sich die Erinnerung aus dem Herzen jäten. Man mußte vergessen.

Was mußte man vergessen? ... Alles? ... Oder war da etwas Bestimmtes, was quälte? ... Man hatte an den Frühling gedacht. Doch das war ja Zukunft. Etwas Vergangenes war es, was nicht vergangen sein wollte. Die Müdigkeit drückte zu schwer auf den Nacken.

Aufschreiben! Richtig! Da lagen ja die kleinen Zettel, auf denen man sich bewahrte, woran zu denken war. Aber er wollte ja nicht an etwas denken, sondern nur daran denken, daß an etwas nicht mehr gedacht werden durfte.

Der Kiel kratzte in einem langen Schnörkel aus. Die welke zittrige Hand hob das Papierchen im dünnen Morgenlicht vor die müden Augen.

„Der Name Lampe muß nun völlig vergessen werden", memorierte der zahnlose Mund vor sich hin. „Der Name Lampe muß nun völlig vergessen werden ... Der Name Lampe muß nun völlig vergessen werden ..."

Und da rapportierte das schon verglimmende Hirn, das alle möglichen Denkbarkeiten des Menschen spielend bewältigt und bis zu den letzten Widersprüchen geführt hatte, noch einmal.

„Eine Antinomie“, freute sich das Greislein. „Eine Antinomie“, murmelte es, fast spitzbübisch in sich hineinmeckernd, vor sich hin. Und es zerlegte mit tiefem Selbstgenuß die klägliche Tatsache dieses Zettelchens in den trostlosen Widerspruch, sich etwas merken zu wollen, um etwas zu vergessen.

Dann aber zerfiel das Lachen in seinen Augen. Er wurde sehr ernst. Er langte das geliebte Buch, das ihm seinen Weltruf eingebracht hatte, vom Tisch, wo es immer bereit lag, Korrekturen zu empfangen, blätterte erregt, bis er jene Tafel fand, auf der die Antinomien, diese Unlösbarkeiten des menschlichen Denkens, gebucht waren, diesen merkwürdigen Fall seiner Selbst zuzutragen.

Aber der Federkiel gehorchte auf dem spröden Druckpapier des Werkes seiner fliegenden Hand nicht. Entsagungsvoll schob er ihn auf den Tisch zurück, legte den Zettel zwischen die aufgeschlagenen Seiten und klappte sie langsam zu.

In den hilflos gewordenen Händen ruhte das Buch auf seinem Schoß. Draußen erwachte das Leben. Und neuer Schnee fiel und fiel ...